AF454586

VENTE

DES 16 ET 17 MARS 1904

HOTEL DROUOT, SALLE N° 6

ATELIER

de feu

G. BÉTHUNE

COMMISSAIRES-PRISEURS

Me LEON TUAL

56, Rue de la Victoire

EXPERT

M. GEORGES PETIT

13, Rue Godot-de-Mauroi

ATELIER

DE FEU

G. BÉTHUNE

ORDRE DES VACATIONS

Mercredi 16 Mars

Aquarelles de G. Béthune.

Jeudi 17 Mars

Tableaux de G. Béthune.
Collection particulière et Objets garnissant son atelier.

Les Œuvres non signées de l'artiste porteront le cachet ci-dessous :

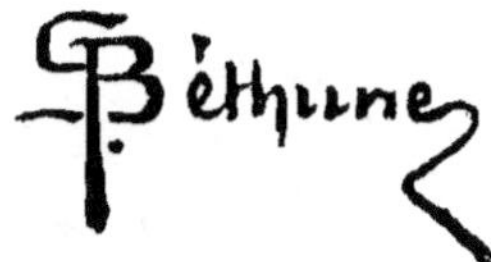

CONDITIONS DE LA VENTE

Elle sera faite au comptant.

Les acquéreurs payeront *dix pour cent* en sus des prix d'adjudication.

Gaston Béthune

CATALOGUE

DES

TABLEAUX

ET AQUARELLES

PAR

Feu G. BÉTHUNE

ET DES

Tableaux, Aquarelles, Pastels

ET DESSINS MODERNES

BRONZES

PIANO, INSTRUMENTS DE MUSIQUE, ETC.

Garnissant son Atelier

Dont la vente, par suite de son décès, aura lieu à Paris

HOTEL DROUOT, SALLE N° 6

Les Mercredi 16 et Jeudi 17 Mars 1904

à deux heures et demie

COMMISSAIRE-PRISEUR	EXPERT
Mᵉ LÉON TUAL	**M. GEORGES PETIT**
56, Rue de la Victoire	*12, Rue Godot-de-Mauroi*

EXPOSITION PUBLIQUE

Le Mardi 15 Mars 1904, de 1 h. 1/2 à 5 h. 1/2.

GASTON BÉTHUNE

es hommes de génie s'expliquent par leur œuvre seule, qui les formule tout entiers. Mais les artistes dont l'âme fut moins puissante, et qui simplement traduisirent alors que les autres créaient, ont besoin, pour être compris, du commentaire qui est l'histoire de leur vie. Plus que personne, Béthune est de ceux-ci : il est bon d'avoir connu l'homme pour mieux aimer l'artiste. Son art délicat, féminin, un peu mièvre, est la pure traduction des qualités et des défauts dont l'union fut exquise et qui le firent tant aimer par ceux qui l'approchaient.

Peu d'hommes ont laissé plus de regrets. Peu furent aimés davantage et furent mieux aimés. On l'a chéri un peu comme une femme, comme un enfant : des femmes et des enfants, il avait le charme et la faiblesse;

l'essence de son caractère fut l'impressionnabilité et le manque de volonté. Il voulait vivement, mais pour une minute, et désirait, en somme, plutôt qu'il ne voulait. Il vécut en une vibration perpétuelle, dont les ondes changeaient sans cesse. Fenêtres ouvertes, il aspirait et recevait en lui toute la vie du dehors, tous les vents : ils le remuaient et passaient. Les êtres et les choses avaient indistinctement sur lui un droit qui durait peu. Altruiste à l'excès, il était l'univers et n'était jamais lui : pitoyable à toutes les misères, épris de toutes les beautés, il savait découvrir en toute créature un petit coin de grâce qui la lui rendait précieuse, et un coin de souffrance qui la lui rendait émouvante. Mais dans l'instant d'après, il oubliait cette grâce et cette misère pour d'autres alliances et pour d'autres douleurs découvertes en d'autres passants.

Il regardait la nature comme les âmes, très fort, très vite : il la subissait intensément et brièvement. Elle lui procurait des secousses nombreuses, rapides, incessantes. Il courait dans les paysages, et son admiration s'agitait. Le sens artistique trépidait en lui comme le sens moral. Trop de beautés perçues ne lui laissaient pas loisir de s'adonner à aucune ; aimant trop, il n'avait plus le temps d'aimer : toutes ces passions furtives tiraillaient sa pensée, qui s'éperdait entre elles, et toute sa force s'y effritait.

Son œuvre se ressentit de cette impressionnabilité. Pour une nature tellement instable, pour une volonté si

courte, les grandes entreprises devaient être lassantes
et n'aboutir à rien. Les longues œuvres sont despotiques,
et les larges idées sont des invasions : elles s'installent
dans une vie, et l'emplissent, l absorbent ; elles veulent
qu'on leur soit fidèle exclusivement ; elles menacent
de mourir dès l'infidélité ; elles en meurent et laissent
du vide. De telles exigences étaient inacceptables dans
une âme si frêle, et ce célibataire n'était point né pour
de tels mariages : il fut le don Juan de son art et flir-
tait avec lui. L'Idée, capable tout juste de le séduire,
en reçut jamais de lui la force nécessaire à le retenir
longtemps : Sirène, elle l'appelait ; il la violait légère-
ment et aussitôt il se fatiguait d'elle ; mieux, il se
révoltait contre elle, et c'est elle qui le révoltait par
son autoritarisme. Le poids du joug et de la chaîne
agaçait sa nervosité inquiète. Ce qu'il avait entrepris
dans la joie se perpétrait dans l'effort, s'achevait dans
l'irritation.

Béthune trouva dans l'aquarelle le procédé qui
répondait aux besoins de son tempérament : art léger
pour une âme légère, art subtil et rapide qui prescrit
de sentir et défend de vouloir, faute de temps : un émoi
bref, une traduction prompte ; l'esprit ne s'apesantit pas,
l'analyse devient synthèse, ou apparence de synthèse :
prendre, des minutes, la fleur ; percevoir, éprouver,
rendre, le tout se passe en un moment, et le moment est
déjà passé.

Béthune excella dans cet art qui lui ressemblait

tant. Ses aquarelles comptent parmi les meilleures de notre époque. Comme les pastels de Latour ont exprimé la mortelle élégance d'un temps où les têtes poudrées allaient tomber sur l'échafaud, les aquarelles de Béthune traduisent l'âme tremblante d'une génération qui n'a pas su vouloir et qui oubliait vite. Ce temps est passé, semble-t-il, et déjà il appartient à l'histoire : les monuments en seront frêles ; l'œuvre de Béthune a sa place parmi eux.

Edmond Haraucourt

TABLEAUX

---

1 — Prairie à Valmont.

> Signé à gauche, en bas, et daté : *Valmont, 81*.
>
> Toile. Haut., 65 cent.; larg., 1 m. 01

2 — La Rivière à Valmont.

> Signé à gauche, en bas, et daté : *Valmont, 81*.
>
> Toile. Haut., 65 cent.; larg., 81 cent.

3 — Place de l'Opéra, le soir.

> Toile. Haut., 74 cent.; larg., 58 cent.

4 — Les Bords de la Seine en hiver.

> Panneau. Haut., 15 cent.; larg., 24 cent.

5 — Sur la terrasse du parc de Saint-Cloud.

> Signé à gauche, en bas.
>
> Panneau. Haut., 61 cent.; larg., 50 cent.

6 — Dans le parc, à Saint-Cloud.

Signé à gauche, en bas.

Panneau. Haut., 5o cent.; larg., 6ı cent.

7 — Ruines du château de Saint-Cloud.

Signé à droite, en bas.

Panneau. Haut.. 62 cent.; larg., 5o cent.

8 — Vue prise du parc de Saint-Cloud.

Panneau. Haut., 41 cent.; larg., 33 cent.

9 — Lac d'Enghien, clair de lune.

Toile. Haut., 74 cent.; larg., 1 m. 01.

10 — Promenade en bateau sur le lac d'Enghien
(nuit).

Panneau. Haut., 33 cent.; larg., 41 cent.

11 — Lac d'Enghien, le soir.

Panneau. Haut., 33 cent.; larg., 41 cent.

12 — Mer calme, Menton.

Signé à droite, en bas.

Toile. Haut., 48 cent.; larg., 72 cent.

13 — La Route de Gorbio, Menton.

Signé à droite, en bas, et daté : *Menton, 1880.*

Panneau. Haut., 26 cent.; larg., 35 cent.

14 — Sur la Côte d'azur.

Panneau. Haut., 50 cent.; larg., 61 cent.

15 — Sur la route d'Antibes.

Panneau. Haut., 50 cent.; larg., 61 cent.

16 — Route sous les oliviers, Menton.

Signé à droite, en bas.

Panneau. Haut., 27 cent.; larg., 35 cent.

17 — Sous les oliviers, Menton.

Panneau. Haut., 27 cent.; larg.. 35 cent.

18 — Sur les hauteurs de Menton.

Panneau. Haut., 27 cent.; larg., 35 cent.

19 — Au bord de la mer, à Saint-Raphaël.

Panneau. Haut., 27 cent.; larg., 35 cent.

20 — Saint-Raphaël.

Panneau. Haut.. 26 cent.; larg., 35 cent.

21 — Environs de Fécamp, clair de lune.

Signé à droite, en bas, et daté : *1897*.

Toile. Haut., 65 cent.; larg., 1 m. 01.

22 — Campagne aux environs de Fécamp.

Panneau. Haut., 27 cent.; larg., 35 cent.

23 — Paysage aux environs de Fécamp.

Panneau. Haut., 15 cent.; larg., 35 cent.

24 — Sur la route de Pourville.

Panneau Haut., 27 cent.; larg., 35 cent.

25 — Sur les hauteurs près Pourville.

Panneau. Haut., 27 cent.; larg., 35 cent.

26 — Dans la vallée, à Pourville.

Peint sur carton.

Haut., 27 cent.; larg., 35 cent.

27 — La Falaise de Pourville.

Panneau. Haut., 27 cent.; larg., 35 cent.

28 — Pourville.

Signé à droite, en bas.

Panneau. Haut., 26 cent.; larg., 35 cent.

29 — Chaumière dans la vallée de la Scie.

Panneau. Haut., 27 cent.; larg., 35 cent.

3o — La Scie, à Pourville.

Signé à droite, en bas.

Panneau. Haut., 27 cent.; larg , 35 cent.

31 — La Falaise du Tréport.

Panneau. Haut., 27 cent.; larg., 35 cent.

32 — Campagne aux environs du Tréport.

Panneau. Haut., 27 cent.; larg., 35 cent.

33 — Dans les rochers, au Tréport.

Panneau. Haut., 27 cent.; larg., 35 cent.

34 — Sur la falaise, au Tréport.

Panneau. Haut., 27 cent.; larg., 35 cent.

35 — Le Tréport, clair de lune.

Panneau. Haut., 26 cent.; larg., 35 cent.

36 — A Hyde Park.

Panneau. Haut., 27 cent.; larg., 35 cent.

37 — La Route en hiver.

> Panneau. Haut., 14 cent.; larg., 12 cent.

38 — Coin fleuri.

Signé à droite, en bas.

> Panneau. Haut., 27 cent.; larg., 35 cent.

39 — Clair de lune.

> Panneau. Haut., 33 cent.; larg., 41 cent.

40 — Soleil couchant sur le lac.

> Panneau. Haut., 14 cent.; larg., 24 cent.

41 — La Prairie ensoleillée.

> Panneau. Haut., 33 cent.; larg., 41 cent.

42 — La Douche au Mont-Dor.

> Panneau. Haut., 35 cent.; larg., 27 cent.

43 — Tête d'Égyptienne.

> Panneau. Haut., 61 cent.; larg., 50 cent.

44 — La Dame en noir, étude.

> Panneau. Haut., 49 cent.; larg., 35 cent.

45 — Jeune femme, étude.

> Panneau. Haut., 41 cent.; larg., 33 cent.

46 — La Promenade.

> Panneau. Haut., 32 cent.; larg., 41 cent.

47 — Jeune fille assise sur l'herbe.

> Panneau. Haut., 43 cent. ; larg., 33 cent.

48 — Rêverie.

> Panneau. Haut., 33 cent.; larg., 41 cent.

49 — Petite fille en bleu.

> Peint sur carton.
>
> Haut., 41 cent.: larg., 22 cent.

50 — La Récréation.

> Panneau. Haut., 34 cent.; larg., 41 cent.

51 — La Récréation.

> Panneau. Haut., 33 cent.; larg., 41 cent.

52 — Tête d'étude.

> Panneau. Haut., 41 cent ; larg., 33 cent.

AQUARELLES

---

53 — Vue prise des 5ᵉˢ loges pendant le 1ᵉʳ acte
d'*Hamlet* à l'Opéra.

Signé en haut à gauche et daté : *1880*.

54 — Bayreuth, pendant la représentation.

Signé à droite, en bas.

55 — Le 14 Juillet 1883.

Signé à gauche, en bas.

56 — Fêtes franco-russes, octobre 1893.

Signé à gauche, en bas.

57 — Fêtes franco-russes sur la Seine.

58 — Pont Notre-Dame, coucher de soleil.

Signé à gauche, en bas, du monogramme : *G. B.*

59 — Une Rue de Paris, le soir.

Signé à droite en bas du monogramme : *G. B.*

60 — Faubourgs de Paris, le soir.

61 — Montmorency.

Signé à gauche, en bas, et daté : *1885*.

62 — Enghien, route de Saint-Leu, 1894.

Signé à gauche, en bas.

63 — Enghien, le lac.

Signé à droite, en bas.

64 — Lac d'Enghien, le soir.

65 — Un Parc à Enghien.

66 — Villas près d'Enghien.

67 — Environs d'Enghien.

68 — Femme lisant, Montlignon.

Signé à droite, en bas.

69 — Jeune fille couchée sur l'herbe.

Enghien, 94.

70 — Coin de Marlotte.

71 — Fontainebleau, le point de vue de Corot.

72 — Le Pont de Grez.

73 — Rouen.

Signé à gauche, en bas.

74 — Baigneuse.

Veulettes, 78.

75 — Les Petites-Dalles.

76 — Au Mont Saint-Michel.

77 — Sur la pelouse.

Saint-Cloud, 89.

78 — A la fenêtre.

Auteuil, 93.

79 — Charing-Cross Station.

Signé à droite, en bas.

80 — L'Ile de Wight.

Signé à droite, en bas, et daté : 91.

81 — Le Strand, le soir, Londres.

Signé à droite, en bas.

82 — Trafalgar Square, Londres.

83 — Hyde Park.

84 — Bruxelles.

Signé à gauche, en bas.

85 — Fresselines.

Signé à droite, en bas.

86 — Anvers.

Signé à gauche, en bas.

87 — Rotterdam.

Signé à droite, en bas.

88 — Environs de Leyde.

Signé à gauche, en bas.

89 — Blankenberg, 1890.

Signé à gauche, en bas.

90 — En Hollande, vue prise à bord.

91 — De Douvres à Ostende, à bord du *Léopold*.

92 — Hôtel Serk, à Dixcart.

93 — Territet.

94 — Allevard, la Source.

95 — Aix, le lac du Bourget.

96 — Allevard, vue d'ensemble.

97 — Environs d'Allevard.

98 — Une Usine à Allevard.
Signé à gauche, en bas, et daté : *Allevard, 89.*

99 — Le Lac Saint-Clair.

100 — Le Lac du Bourget.

101 — Étang aux environs d'Allevard.

102 — Vue du Mont-Pilate.

103 — L'Aurore au Mont-Pilate.
Signé à droite, en bas.

104 — Allevard, le Bout-du-Monde.

105 — Thalloires, le lac d'Annecy.

106 — Lausanne, terrasse de l'hôtel Gibbon.

107 — Allevard, le Bout-du-Monde.

108 — Allevard, route du mont Taro.

109 — Nuages dans la montagne.

> Signé à gauche, en bas, et daté : *Territet, 95.*

110 — Glion. Église Saint-Jean.

111 — Territet, le lac.

112 — En promenade.

> *Allevard, 95.*

113 — Rêverie.

> *Allevard, 92.*

114 — Prairie aux environs d'Allevard.

> Signé à droite, en bas.

115 — Le Parc d'Uriage.

116 — Le Bout-du-Monde, Allevard.

117 — Crépuscule au mont Pilate.

118 — Lac Saint-Clair.

119 — Aux environs d'Allevard.

120 — Lac Saint-Clair.

121 — Effet de brouillard sur la route de Menton
  à Monte-Carlo.

  Signé à droite, en bas, et daté : *1880*.

122 — Les Gorges Saint-Louis, à Menton.

  Signé à droite, en bas, et daté : *Menton, 86*.

123 — Cannes, la vieille ville.

124 — Baie de Théoule.

  Signé à droite, en bas.

125 — Saint-Raphaël.

126 — Le Trayas.

127 — Chapelle Saint-Louis, à Menton.

Signé à droite, en bas, et daté : *Menton, 78*.

128 — La Napoule et les Alpes.

129 — Dans l'Estérel.

Signé à droite, en bas.

130 — Effet de mistral, Bordighera.

131 — Dans les champs, près Menton.

132 — La Vallée, près Menton.

133 — Une Route.

Signé à gauche, en bas, et daté : *Vérone, 86*.

134 — Soleil couchant sur les Alpes.

135 — Lever de lune, à Bordighera.

136 — Crépuscule, près Bordighera.

137 — Petit paysan, Bordighera.

138 — Femme lisant.

Menton, 85.

139 — Jeune fille assise.

Menton, 86.

140 — Sur le perron.

Signé à droite, en bas, et daté : *Menton, 89.*

141 — Repos sous bois.

Menton, 89.

142 — Les Alpes, près Menton.

Signé à gauche, en bas.

143 — Déception.

Menton, 84.

144 — La Madone, Menton.

Signé à droite, en bas.

145 — Le Port de Gênes.

146 — Sur la lagune, Venise.

Signé à droite, en bas.

147 — Pise, la Cascine (1880).

Signé à gauche, en bas.

148 — Une Rue à Naples.

Signé à droite, en bas, et daté : *86*.

149 — Lave du Vésuve.

Signé à gauche, en bas.

150 — Cimetière israélite au Lido.

151 — Le Campo Santo, Pise.

Signé à gauche, en bas.

152 — Les Bords de l'Arno, près Florence.

153 — Bagnoli.

154 — Cascade à Amélie-les-Bains.

Signé à droite, en bas.

155 — Une Rue à Amélie-les-Bains.

156 — La Côte du Trayas.

157 — Figueras, vue d'ensemble.

158 — Paysanne du Roussillon.

Amélie-les-Bains, 89.

1 59 — Palalda (Pyrénées-Orientales).

160 — Vue générale de Miramaz, Barcelone.

161 — Route de Goncelin, vallée du Grésivaudan.

162 — Dans la Creuse.

Signé à droite, en bas, et daté : Creuse, 1888.

163 — Marseille, la Joliette.

164 — Château et chapelle de Sion.

165 — Bord de rivière en été.

166 — Louksor.

167 — Bords de la Loire.

168 — Pâturage.

169 — Port de Clarens.

Signé à droite, en bas, du monogramme.

170 — Vue panoramique.

171 — Paysage du Midi.

172 — Les Pins.

173 — Jeune fille à l'étude.

Auteuil, 87.

174 — Japonaise à l'éventail.

175 — Tête de jeune fille.

Montmorency, 85.

176 — Jeune femme assise dans un arbre.

Enghien, 95.

177 — Femme au chapeau.

178 — Tête d'étude.

PASTELS & DESSIN

179 — Femme au bouquet de violettes.

Haut., 55 cent.; larg., 46 cent.

180 — Femme à la rose.

Haut., 1 m. 10; larg., 65 cent.

181 — Place du Marché, Auteuil.

Dessin à la plume sur papier Gillot.

Signé à gauche, en bas.

COLLECTION PARTICULIÈRE

ARGENCE (Eug. d')

182 — Cascade en forêt.

Signé à droite, en bas.

Toile. Haut., 42 cent.; larg., 60 cent.

ARGENCE (Eug. d')

183 — Bord de rivière.

Signé à gauche, en bas.

Panneau. Haut., 33 cent.; larg., 23 cent.

CLAIRIN

184 — Intérieur arabe.

Signé à droite, en bas.

Aquarelle. Haut.. 26 cent.; larg., 42 cent.

CONCONE

185 — Tête de jeune fille.

Signé à gauche, en bas.

Aqurelle. Haut., 3o cent. ; larg., 24 cent.

DALIPHARD

186 — La Route.

Signé à droite, en bas.

Panneau. Haut., 3g cent.; larg., 26 cent.

DAMOYE

187 — Bords de la Seine.

Signé à droite, en bas : *83.*

Panneau. Haut., 33 cent.; larg., 5g cent.

DESTREZ (Paul)

188 — Au bord de la rivière.

Signé à droite, en bas.

Panneau. Haut., 26 cent.; larg., 34 cent.

DUPRÉ (Jules)

189 — La Mare.

Dessin au fusain sur papier gris.

Signé à gauche, en bas : *J.-D.*.

Haut.. 29 cent.; larg.. 23 cent.

GIRON (Ch.)

190 — Sur la terrasse, Cannes.

Signé à gauche, en haut.

Toile. Haut., 48 cent.; larg , 65 cent.

HEILL

191 — Madeleine.

Signé à droite, en bas.

Toile. Haut., 54 cent.; larg.. 80 cent.

LANTANIA

192 — Tête d'étude.

Aquarelle. Haut., 48 cent.; larg., 32 cent.

MORAND (Eug.)

193 — Fête religieuse en Russie.

Signé à droite, en bas.

Aquarelle, Haut., 53 cent.; larg., 40 cent.

NITTIS (de)

194 — Femme en rose assise dans un parc.

Pastel. Haut., 1 m. 50; larg., 60 cent.

NOZAL

195 — Mer houleuse.

Signé à droite, en bas.

Toile. Haut., 51 cent.; larg., 65 cent.

PICARD (G.)

196 — Farniente.

Signé à gauche, en haut.

Toile. Haut., 37 cent.; larg., 54 cent.

RAVANNE

197 — Le Pont de Meulan.

Signé à droite, en bas : *87*.

Panneau. Haut., 40 cent.; larg., 64 cent.

SANTORO

198 — Une route près Naples.

Signé à droite, en bas.

Toile. Haut., 31 cent.; larg., 57 cent.

VALLÉE (Max)

199 — Femme au bord de l'eau.

Toile. Haut., 83 cent.; larg., 70 cent.

VAUTHIER (Pierre)

200 — La Seine à Billancourt.

Signé à droite, en bas.

Panneau. Haut., 23 cent.; larg., 34 cent.

VIDAL (Eug.)

201 — **Femme au pavot.**

Signé à gauche, en bas.

Aquarelle. Haut., 33 cent.; larg., 25 cent.

OBJETS D'ART

---

202 — BOUDDHA, statue en bois doré.

203 — MERCURE, statuette bronze avec soubasse-
ment. (Édition Barbedienne.)

204 — L'OR, statuette bronze doré, par Ringel.

205 — UNE PAIRE DE FLAMBEAUX à cinq bougies, en
bronze, surmontés d'une cigogne.

206 — UN LUSTRE en cuivre à six bougies, style
russe.

207 — UN LUSTRE en fer forgé en forme d'ancre.

208 — UN LUSTRE en cuivre à dix bougies, style
hollandais.

209 — Un brule-parfum japonais en bronze et représentant une langouste.

210 — Une aiguière mauresque en cuivre.

211 — Une bassine en cuivre.

212 — Divers instruments de musique comprenant un piano à queue, un violon, une cithare, une mandoline et une guitare.

213 — Sous ce numéro seront vendus les chevalets et les objets non catalogués.

Paris. — Imp. Georges Petit, 12, rue Godot-de-Mauroi. — 14112-04.